- 中華繪本系列 -

水滸傳

從小讀經典 2

[明] 施耐庵 著

王全威

高洪波（改寫）

英雄好漢的傳奇故事

小朋友，你知道「水滸」是甚麼嗎？

你可千萬別以為是燒開水的「水壺」，那種水壺放在廚房的煤氣灶上，水一開就會冒白氣，「咕嚕嚕」唱：「我有一個大肚皮，坐在灶上穩穩的。水開我會『吱吱』響，『咕嚕咕嚕』冒熱氣！」哈，這個「水滸」可不是那個水壺。

我說的「水滸」是一本書，一本講述一千年前一些英雄好漢的好玩的故事書。這本書為甚麼叫「水滸」？我也不清楚。不過「滸（hǔ）」的意思是「水邊」，而這本書裏有一個「水泊梁山」，這本書講的就是梁山泊──水邊的這些英雄的故事，這也許是這本書叫《水滸傳》的原因。

《水滸傳》是一個叫施耐庵的人寫的。施耐庵小時候特別聰明，19 歲中秀才，28 歲中舉人，後來不願當官，回家鄉寫文章。他參加了元末張士誠起義，後來張士誠被朱元璋打敗，施耐庵就四處遊蕩。明朝成立招他做官，他躲在家鄉不當官，一門心思寫《水滸傳》。這部書中寄託了作者施耐庵很多的理想。

《水滸傳》講的是北宋末年梁山英雄聚眾起義的故事。這個故事可不是施耐庵憑空

編造出來的。歷史上，北宋末年是真的有一個「宋江起義」，到了南宋，這些故事就在民間傳開了。當時的人都喜歡聽說書，這些故事一開始就是說書人講的。最早出現的是楊志、魯智深、武松的故事，再往後，到了元朝，《水滸傳》的故事已經有了個大概，當時的戲劇元雜劇裏也有很多的水滸戲。施耐庵就是把好多個不同版本的故事，匯集起來，然後選擇、加工，進一步創作，最後寫成了這部膾炙人口的《水滸傳》。

在《水滸傳》裏，有打大老虎的武松，掄大板斧的李逵（kuí），游泳最棒的張順，力氣大得能拔出柳樹的魯智深，扔石頭最準的張清，射箭技術一流的花榮……這些了不起的英雄好漢，還有他們的傳奇故事，讓你看完了書，熱血沸騰，想忘也忘不掉。

一部《水滸傳》，就是有這樣的魅力。

完整的《水滸傳》，除了聚眾起義的情節之外，還有起義軍後來受了招安，又聽朝廷的命令去打別的起義軍的情節……在後半部分的故事裏，這一百零八個英雄好漢，很多人的命運都很悲涼。本書的改編主要選取了《水滸傳》前三分之一的內容。你要是想認識後面故事中出現的英雄，像石秀、燕青、盧俊義……那就得去原著裏看了。

高博文

目錄

魯達仗義救貧女

6

林沖誤入白虎堂

19

三拳打死鎮關西

13

晁蓋智取金銀擔

28

英雄首戰石碣村
35

 張順江中戲李逵
55

 武松打虎景陽崗
41

 勇士喬裝鬧江州
63

 好漢大鬧快活林
48

 義旗飄蕩梁山泊
70

魯達仗義救貧女

北宋的時候，我國的都城在東京開封府，也就是今天河南省開封市。

開封府裏有一個叫王進的英雄，他是八十萬禁軍的首領。

城裏有個叫高俅的人，因為踢球受到皇帝的寵信，當了太尉。

高俅上任當天，所有人都去恭賀他。王進卻因為生病沒有去。

從此，高俅懷恨在心，處處刁難王進。

王進覺得東京不能再待，就帶着母親逃出城去。

半路上，母親生了病。他們只好到就近的山莊求宿。山莊的主人史太公收留了他們母子。

王進為報恩，收了史太公的兒子史進為徒弟。

shǐ jìn de wài hào jiào jiǔ wén lóng　yīn wèi tā zài
史進的外號叫九紋龍，因為他在
shēn shang wén le jiǔ tiáo lóng　tè bié shén qì tā shì
身上紋了九條龍，特別神氣。他是
shuǐ hǔ zhuàn chū chǎng de dì yī tiáo hǎo hàn
《水滸傳》出場的第一條好漢。

tā tè bié pèi fú shī fu wǔ yì gāo qiáng　měi
他特別佩服師父武藝高強，每
tiān kè kǔ liàn xí liàn de shí bā bān wǔ yì yàng yàng
天刻苦練習，練得十八般武藝樣樣
jīng tōng
精通。

shǐ jìn hé fù jìn shào huá shān shang de jǐ gè hǎo hàn
史進和附近少華山上的幾個好漢
shì hǎo péng you　chángcháng yì qǐ qiē cuō wǔ yì
是好朋友，常常一起切磋武藝。

yǒu yí gè cūn mín gào fā shǐ jìn hé qiáng dào gōu jié
有一個村民告發史進和強盜勾結。
guān fǔ yào zhuō ná tā shǐ jìn zhǐ hǎo lián yè táo zǒu
官府要捉拿他，史進只好連夜逃走。

這天，史進逃到了渭州，走進一家小茶館休息。這時，門外進來了一個身材高大的漢子。

來人滿臉絡腮鬍，氣度不凡，史進連忙起身，邀請那漢子坐下。

兩人坐定後，互報了姓名。漢子姓魯名達，是經略府提轄，也早就知道了史進的大名。兩人聊得十分投機。

兩人聊得興起，又到酒店去喝酒。路上碰見了史進的第一個師父——打虎將李忠。

sān gè rén dào le jiǔ diàn　hē de zhèng chàng kuài de shí
三個人到了酒店，喝得正暢快的時
hòu　gé bì chuán lái yí zhèn zhèn nǚ zǐ de kū shēng
候，隔壁傳來一陣陣女子的哭聲。

lǔ dá tīng de xīn fán　jiù xiàng diàn xiǎo èr
魯達聽得心煩，就向店小二
dǎ tīng　zhī dào shì diàn li mài chàng de fù nǚ
打聽，知道是店裏賣唱的父女。

lǔ dá ràng diàn xiǎo
魯達讓店小
èr jiào lái nà mài chàng de
二叫來那賣唱的
fù nǚ èr rén　nà nǚ
父女二人。那女
zǐ shí bā　jiǔ suì
子十八、九歲，
zhǎng de shí fēn shuǐ ling
長得十分水靈。
lǔ dá wèn dào　nǐ
魯達問道：「你
men wèi shén me zài zhè lǐ
們為甚麼在這裏
kū kū tí tí
哭哭啼啼？」

原來這父女倆是從外地來的，被本地的惡霸鎮關西陷害，硬說他們欠錢，兩人只好到酒樓賣唱掙錢。

魯達是個仗義的人，聽說惡霸如此可惡，跳起身來就要去教訓那鎮關西。史進、李忠好半天才把他攔下。

11

魯達拿了些銀子給老漢，讓他帶着女兒回老家。

老漢卻還是不放心，說：「鎮關西派酒店的主人監視我們，每天都會來要債。」

魯達說：「你們只管走，剩下的事情交給我。」金老漢和女兒感動得熱淚直流，連連向魯達磕頭道謝。

三拳打死鎮關西

第二天一早，金家父女正準備離開，店小二衝上來，攔住了他們。

魯達看見後，讓金老漢他們快走，店小二卻抓住他們不放手。

魯達朝着店小二臉上狠狠一巴掌。店小二吃不消，只能鬆手。

父女倆趁機趕緊走了。魯達怕店小二去追，乾脆搬凳子坐在店門口。

再來說那惡霸鎮關西。他其實姓鄭，是一個肉鋪的老板，長着一臉橫肉，模樣兇狠。

這天他剛到肉鋪，忽聽外面一聲高喊：「鄭屠！」鄭屠一聽，誰呀，這麼大呼小叫的，氣沖沖地跑出去。

一看是魯達，他嚇得連忙叫人搬來凳子，請魯達坐下。

魯達說：「經略相公要十斤精肉，一點兒肥都不能帶，切成肉末。」鄭屠答應着，立馬指示手下切肉。

魯達說：「你自己切！」鄭屠只好
親自動手，老老實實地去切。

鄭屠足足用了一小時才切好。他
用荷葉包好肉，就想讓夥計給送去。

魯達說：「不急着送，再來十斤
肥肉，也要切成最細小的肉末，一點
兒瘦的都不能帶！」

鄭屠聽了挺鬱悶。沒辦法，只能
照做。好不容易又切好了十斤肥肉。

誰料魯達又說：「再來十斤寸金軟骨，不帶半點肉在裏面，也切成細末。」

鄭屠無奈地賠笑說：「您是在拿我尋開心吧？」

魯達狠狠地瞪着鄭屠，大喝道：「我今天就要拿你開心！」說完，順手拿起兩包肉末，朝鄭屠臉上砸去。

鄭屠氣壞了，拿起殺豬的尖刀刺向魯達。兩人打到了大街上。

魯達抓起鄭屠的衣襟質問:「你一個殺豬的,也敢叫鎮關西!說,為甚麼要欺負金老漢父女?」

鄭屠說:「你管不着!」氣得魯達掄拳就打。

鄭屠不服,嘴裏不乾不淨地亂罵,魯達又是一拳。鄭屠被打得「嗷嗷」直叫,兩腿亂蹬亂踹。

魯達更氣了：「你還敢還手？要讓你記住教訓！」說着，又打了一拳。

鄭屠頭一歪，再也不出聲了，躺在地上一動不動。

魯達心想：「我本來只想教訓教訓他，誰知三拳就把他打死了。人命關天，我還是趕緊逃走吧。」

魯達回到家，收拾包裹，帶上路費，一溜煙地逃出了城。

林沖誤入白虎堂

魯達幾經周折，最後到東京大相國寺當了和尚，法號智深。

一天，魯智深正在菜園練武。忽聽旁邊一人高喊：「好！好！好身手！」

住持長老知道他為人衝動，怕他惹事，就安排他去看菜園。

魯智深一看，牆外面缺口處站着一個軍官模樣的人。這人就是八十萬禁軍教頭 —— 林沖。

魯智深忙請林沖進來，問：「教頭今天怎麼有空到這裏來？」

兩人正說得高興，林沖家的丫鬟慌慌張張地跑來通報：「官人，您快來啊！有人欺負夫人！」

林沖說：「我陪夫人去廟裏燒香，路過這兒，忍不住停下來看看，讓家人先走了。」

林沖匆忙辭別了魯智深，跟着丫鬟趕到寺廟門前。

一個無賴男子攔住林沖夫人，夫人哭喊着，旁觀的人卻不敢出手相助。

林沖氣得火冒三丈，衝過去舉拳要打，卻發現對方是自己上司太尉高俅的兒子高衙內。

高衙內是東京有名的惡少。他怒斥林沖，叫他滾開。

旁邊的人都來勸，最後林沖忍氣吞聲，帶着夫人和丫鬟回家了。

高衙內回去後對林沖的妻子仍然
念念不忘。高衙內的心腹富安就出了
一個壞主意。

他們一面讓林沖好友陸謙約林沖
去酒館喝酒;一面騙林沖妻子,說林
沖在陸謙家喝醉了,讓她去接人。

林沖還完全不知情,和陸謙在酒
館喝得正高興,家裏的丫鬟慌慌張
張地跑來報信。

「夫人被關在陸家了。快去救她!」

lín chōng pǎo dào lù jiā　　fèn lì chuí dǎ dà mén
林沖跑到陸家，奮力捶打大門：
kuài kāi mén　kuài kāi mén　　gāo yá nèi tīng jiàn lín chōng
「快開門！快開門！」高衙內聽見林沖
zhǎo lái le　　xià de tiào chuāng jiù táo
找來了，嚇得跳窗就逃。

qī zi quàn tā shuō　　　gāo jiā yǒu huáng dì chēng
妻子勸他說：「高家有皇帝撐
yāo　　wǒ men shì dòu bu guò tā men de　　lín chōng zǐ
腰，我們是鬥不過他們的。」林沖仔
xì xiǎngxiang　zhǐ hǎo suàn le
細想想，只好算了。

lín chōng hù sòng fū rén huí jiā　　xīn zhōng fèn fèn bù
林沖護送夫人回家，心中憤憤不
píng　tí zhe jiān dāo　　yào qù zhǎo gāo yá nèi suàn zhàng
平，提着尖刀，要去找高衙內算賬。

gāo yá nèi yòu jīng yòu xià　　huí jiā jiù shēng le bìng
高衙內又驚又嚇，回家就生了病。

gāo qiú kàn ér zi bìng dǎo le jiāo jí wàn fēn
高俅看兒子病倒了，焦急萬分，
shuō shì bù xī rèn hé dài jià dōu yào zhì hǎo bǎo bèi ér zi
說是不惜任何代價都要治好寶貝兒子
de bìng
的病。

mǎn dù zi huài shuǐ de fù ān yòu chèn jī xiàn jì
滿肚子壞水的富安又趁機獻計
shuō zhǐ yào chú diào lín chōng bǎ tā de qī zi qiǎng
說：「只要除掉林沖，把他的妻子搶
lái yá nèi jiù néng kāng fù
來，衙內就能康復。」

gāo qiú shuō zěn me cái néng bàn dào ne shuō
高俅說：「怎麼才能辦到呢？說
shuō nǐ de bàn fǎ
說你的辦法！」

fù ān bǎ huài zhǔ yi qiāo qiāo gào su le gāo qiú
富安把壞主意悄悄告訴了高俅，
gāo qiú tīng wán hòu shuō jiù zhào nǐ shuō de bàn
高俅聽完後說：「就照你說的辦！」

這天，林沖和魯智深正在一起喝酒，見街上有一個大漢手持大刀，說是急着用錢，要把這刀賣了。

林沖上前仔細一看，知道這是把寶刀。林沖看賣刀人確實缺錢，賣得也不貴，就買了下來。

第二天一大早，高俅的兩個手下來了，說高太尉想看看那把寶刀。林沖心裏很納悶兒。

那兩個人把林沖帶進了太尉府的後院。他們讓林沖在這兒等着，自己先去通報。

壞了！這裏是白虎節堂，軍機重地，沒有命令到這兒來可是死罪！

林沖一等再等，卻始終不見高俅，心裏覺得有點兒不對勁。他抬頭一看……

林沖嚇得轉身想走，這時高俅出現了。他大喝一聲：「大膽林沖，你該當何罪？」

原來，從有人賣刀開始，就是高俅的毒計，是要陷害林沖。林沖最終被罰在臉上刺字，發配滄州監獄。

高俅買通差役，要他們找機會殺死林沖。幸虧魯智深一路上暗中保護，林沖才順利到達了滄州。

誰知高俅又買通滄州監獄的官員，想一把火燒死林沖。林沖只能跑到當地義士柴進的莊上避難。後來柴進掩護他逃出滄州，還建議他去投靠梁山泊上的山寨英雄。從此，林沖坐上了梁山泊的第四把交椅。

晁蓋智取金銀擔

liú táng shuō　　　liáng zhōng shū sōu guā
劉唐說：「梁中書搜刮
le bǎi xìng hǎo duō qián cái　　yào sòng gěi
了百姓好多錢財，要送給
cài tài shī dàng shòu lǐ　　zán men duó xià
蔡太師當壽禮。咱們奪下
zhè bǐ bú yì zhī cái ba
這筆不義之財吧。」

liáng shān pō fù jìn de yùn chéng xiàn yǒu gè jiào cháo gài de rén
梁山泊附近的鄆城縣有個叫晁蓋的人，
lì dà wú qióng　yì zhī shǒu jiù néng tuō qǐ yí zuò qīng shí bǎo tǎ
力大無窮，一隻手就能托起一座青石寶塔，
suǒ yǐ dà jiā yòu jiào tā tuō tǎ tiān wáng　yì yì yí gè jiào chì
所以大家又叫他托塔天王。一天，一個叫赤
fà guǐ liú táng de rén lái zhǎo tā
髮鬼劉唐的人來找他。

zhèng hǎo　　　zhì duō xīng wú yòng yě wèi
正好，智多星吳用也為
zhè jiàn shì lái bài fǎng cháo gài　zhòng rén dìng xià
這件事來拜訪晁蓋。眾人定下
jì lái　yào qiǎng duó zhè bǐ jīn yín zhū bǎo
計來，要搶奪這筆金銀珠寶。

負責押送金銀珠寶的是武藝非凡的青面獸楊志。楊志怕路上盜賊多，讓士兵們挑着擔子，扮成 商隊。

這時候天正熱，士兵們頂着大日頭趕路，埋怨個不停。

沒辦法，這裏山賊多啊，晚上走太不安全了。

楊志為了趕路，只能拿鞭子抽打士兵們，逼迫他們走快些。

隊伍裏的一個老管家和兩個軍官都對楊志一肚子意見。

這天，隊伍來到黃泥崗，太陽毒得快把人烤乾了。

一羣人一爬上山崗就衝到蔭涼裏躺下了，楊志怎麼打也不起來。

yáng zhì hé lǎo guǎn jiā chǎo le qǐ lái tā tā zhèng
楊志和老管家吵了起來,他們正
chǎo zhe kàn jiàn yǒu yí gè rén zài shù hòu tàn tóu tàn
吵着,看見有一個人在樹後探頭探
nǎo
腦。

yáng zhì ná qǐ dāo jiù chōng guò qu le zhǐ jiàn qī
楊志拿起刀就衝過去了,只見七
gè hàn zi zài shù yīn xià chéng liáng shēn páng hái yǒu yì xiē
個漢子在樹蔭下乘涼,身旁還有一些
xiǎo tuī chē
小推車。

yáng zhì dà hǒu yì shēng nǐ men shì shén me rén shì bu shì dào zéi duì fāng xiào zhe shuō wǒ men shì
楊志大吼一聲:「你們是甚麼人?是不是盜賊?」對方笑着說:「我們是
qù dōng jīng de mài zǎo shāng rén nǐ dào shì kàn zhe tǐng xiàng dào zéi ná bǎ dāo xiā bǐ huà shén me yáng zhì tīng shuō
去東京的賣棗商人,你倒是看着挺像盜賊,拿把刀瞎比劃甚麼?」楊志聽說
dōu shì guò lù rén cái fàng xià xīn lái tí zhe dāo huí qù le
都是過路人,才放下心來,提着刀回去了。

沒多久，遠處傳來一陣山歌聲。來了一個挑着擔子的男子，他放下擔子，也坐在樹下乘涼。

士兵們問：「你挑的是甚麼？」
那男子說：「是好酒呀！挑到外村去賣的上等好酒。」

士兵們又熱又渴，看見送上門的美酒哪兒還忍得住，商量着湊錢買酒喝。

楊志趕緊制止，說：「這酒千萬不能喝啊！酒裏可能有蒙汗藥！」

這時，那羣賣棗人來買酒喝。挑酒的卻說：「不賣了，不賣了！這位客官說我酒裏下了蒙汗藥！」

賣棗人苦苦哀求，賣酒的才答應賣給他們一桶。賣棗的那夥人喝得「咕嘟咕嘟」的，大叫好酒。

士兵們看得口水直流。楊志覺得既然賣棗人喝了酒也沒事，就答應士兵們買下另一桶酒。

誰知那酒喝下去沒一會兒，楊志等人就紛紛癱倒在地。

販棗子的商人把金銀珠寶裝上運棗的小車，輕鬆地推着走了。

奪取這些財物的正是晁蓋、吳用、劉唐，以及他們找來的幾位好漢：公孫勝、阮小二、阮小五、阮小七，還有賣酒的白勝。

楊志醒來後又悔又恨，沒臉回去，又被老管家誣陷說勾結盜賊。不得已，他最後也逃到了梁山泊，成為梁山好漢之一。

英雄首戰石碣村

何濤查出這事是晁蓋他們幹的，就帶着公文到鄆城去捉晁蓋，找到了當日值班的押司宋江。

金銀珠寶被劫走，蔡太師下令一定要將盜賊捉拿歸案。負責這件案子的是官員何濤。

宋江，字公明。因為皮膚黑，人們叫他黑宋江；可是他最喜歡幫助別人，所以又叫及時雨。

sòng jiāng tīng shuō hé tāo shì lái zhuō ná hǎo yǒu cháo gài
宋江聽說何濤是來捉拿好友晁蓋
de jiù tōu tōu qù tōng zhī cháo gài
的，就偷偷去通知晁蓋。

cháo gài děng rén zài wú yòng de tí yì xià táo qù le
晁蓋等人在吳用的提議下逃去了
ruǎn jiā sān xiōng dì de shí jié cūn duǒ bì
阮家三兄弟的石碣村躲避。

hé tāo dài rén qù zhuō ná cháo gài pū le gè
何濤帶人去捉拿晁蓋，撲了個
kōng tā bù gān xīn sì chù dǎ ting chá chū cháo gài
空。他不甘心，四處打聽，查出晁蓋
cáng shēn zhī suǒ jiù zài hú pō zhòng duō de shí jié cūn
藏身之所就在湖泊眾多的石碣村。

hé tāo dài zhe guān bīng yí lù shā qù zhì duō xīng
何濤帶着官兵一路殺去，智多星
wú yòng zǎo yǐ xiǎng hǎo le jì cè
吳用早已想好了計策。

何濤知道晁蓋等人躲在湖泊深處，找來百十隻船，想要將他們一舉抓獲。官船行了大概五、六里，聽到不遠處的蘆葦叢中傳來陣陣歌聲，慢慢地出現了一隻小船。

劃船的人正是阮小五，他大笑着，輕蔑地說：「賊官，膽敢找大爺的麻煩！」

何濤喊道：「放箭！」阮小五一個跟頭跳進水裏不見了。

在茫茫蘆葦叢中，何濤很快就迷路了。這時又出現一隻小船，船上是阮小七。

阮小七笑吟吟地說：「害民賊，有本事來抓我啊！」說完，小船又飛快地消失了。

何濤追出幾里地，水面越來越窄，四下霧蒙蒙一片，船隊無法再行進。

他無奈下令停止追趕，決定親自帶幾個人乘一隻輕快的小船去打探情況。

何濤的船前進了五、六里，看
見一個人提着鋤頭在岸邊行走，就喊
住他。

何濤叫手下人捉那漢子來帶路，
誰知那人一鋤頭就把官兵打到水裏
去了。

何濤大吃一驚，準備逃走。忽然
從水底鑽出一個人，一把就把何濤拉
下水去了。正是阮小七！

原來提鋤頭的是阮小二。等到何
濤喝飽了湖水，阮小七才把何濤捉
上岸。

何濤一去不回，官兵們只好等
着。夜深了，湖面上颳起風來。

忽然間，一條火龍飛躍而來。湖
面上駛來了一溜小船，船上載滿熊
熊燃燒的乾草。

官兵的船不一會兒就全被點着
了。晁蓋等人衝過來，殺得官兵「哇
哇」大叫。

晁蓋、吳用也上了梁山泊。晁蓋
被推選為首領，吳用則當上了軍師，
梁山好漢越來越多了。

武松打虎景陽崗

shéi zhǐ sòng jiāng de xiǎo qiè kàn jiàn le xìn xiǎng xiàng
誰知宋江的小妾看見了信，想向
guān fǔ gào mì shuō tā gōu jié liáng shān pō de shān zéi
官府告密，說他勾結梁山泊的山賊。
sòng jiāng yí nù zhī xià bǎ tā shā sǐ táo dào chái jìn
宋江一怒之下把她殺死，逃到柴進
zhuāng shang bì nàn
莊上避難。

cháo gài shǐ zhōng bú wàng sòng jiāng bào xìn de dà ēn
晁蓋始終不忘宋江報信的大恩，
pài liú táng dài le shū xìn hé lǐ wù qù xiàng sòng jiāng zhì
派劉唐帶了書信和禮物去向宋江致
xiè
謝。

chái jìn xiàng lái jìng zhòng sòng jiāng shì tiáo hàn zi xīn
柴進向來敬重宋江是條漢子，欣
rán bǎ tā liú xià le
然把他留下了。

41

柴進莊上還住着一位英雄，姓武名松，因為打抱不平，得罪了官府，也在柴進莊上避難。

武松住了一些日子，思念家中的哥哥，就辭別柴進，回家去了。

這天，武松來到一個山崗下，覺得腹中飢餓，看到前面有一家酒店，酒旗上寫着「三碗不過崗」的大字。

武松要來三大碗酒，幾口就全喝下肚了，沒過癮，讓店小二再上。

店小二卻不肯上酒，說這酒後勁足着呢，再喝就醉啦。

武松不聽，連喝了十八碗。酒足飯飽，提着哨棒就想過崗。

店小二趕緊攔着，說：「景陽崗上出了大老虎，你一個人可不能去！」

上崗沒多久，武松酒勁上湧，頭暈，他找了塊大青石躺下休息。

武松「哈哈」大笑着說：「我武松是甚麼人，難道還怕一隻老虎？我偏要上去看看那老虎甚麼模樣？」

忽然一陣風過，叢林深處發出「嘩嘩」的樹葉搖晃聲，一隻吊睛白額大老虎猛地跳了出來！

老虎咆哮着向武松撲來，武松嚇出一身冷汗，抓起哨棒一躍而起，躲閃過去。

老虎調轉頭又用大尾巴掃來，武松靈活地把身一動，又閃開了。

老虎急了，連聲怒吼，想把武松嚇趴下。

而武松和老虎鬥了幾個回合，酒也醒了，逐漸摸清了老虎的那幾招。

kě xī wǔ sōng yòng lì guò měng　　lǎo hǔ duǒ shǎn le
可惜武松用力過猛，老虎躲閃了
yí xià　shào bàng pī dào le yì páng de dà shù zhī shang
一下，哨棒劈到了一旁的大樹枝上，
duàn chéng liǎng jiér
斷成兩截兒。

shǒu zhōng méi le wǔ qì　　wǔ sōng gān cuì shēn shǒu zhuā
手中沒了武器，武松乾脆伸手抓
zhù lǎo hǔ de dǐng huā pí　　yòng jìn quán lì bǎ lǎo hǔ àn
住老虎的頂花皮，用盡全力把老虎按
dǎo zài dì　lūn qǐ tiě chuí bān de quán tóu cháo lǎo hǔ tóu
倒在地，掄起鐵錘般的拳頭朝老虎頭
shang yí zhèn luàn dǎ
上一陣亂打。

wǔ sōng gù yì yǐn lǎo hǔ zòng shēn yuè qǐ　　xiǎng yòng
武松故意引老虎縱身躍起，想用
shào bàng jiāng tā pī dǎo
哨棒將牠劈倒。

yáng gǔ xiàn de rén tīng shuō wǔ sōng chì shǒu kōng kōng hé
陽谷縣的人聽說武松赤手空拳和
lǎo hǔ bó dòu　méi yǒu yí gè bú tàn fú de
老虎搏鬥，沒有一個不歎服的。

lǎo hǔ kǒu ěr yǎn bí li tǎng chū xiān xuè　zài yě
老虎口耳眼鼻裏淌出鮮血，再也
bù néng dòng le　wǔ sōng bú fàng xīn　shí qǐ duàn diào de
不能動了。武松不放心，拾起斷掉的
bàn jié shào bàng cháo lǎo hǔ tóu shang bǔ le yī èr bǎi
半截哨棒朝老虎頭上補了一、二百
xià　zhè zhè shōu shǒu
下，這才收手。

cóng cǐ　wǔ sōng duō le yí gè míng hào　dǎ hǔ
從此，武松多了一個名號：打虎
yīng xióng
英雄。

好漢大鬧快活林

孟州監獄長的兒子施恩對武松格外關照，頓頓給他送去大魚大肉，上等好酒。

後來，武松與哥哥重逢。可恨的是，之後不久武松的哥哥武大郎被奸人毒死，武松為報兄仇犯下命案，被判發配孟州監獄。

武松很納悶兒，終於忍不住詢問施恩，為甚麼對自己這麼好。

原來，施恩的一家酒店被張團練手下的蔣門神蔣忠奪去了。

施恩聽說了武松打虎的英雄事跡，希望武松能幫他搶回酒店。

武松說：「我就愛打抱不平。蔣門神這樣橫行霸道，我跟你去收拾他！」在去快活林酒店的路上，武松又喝了好多酒。

49

wǔ sōng hē de bàn zuì　　wāi wāi xié xié zǒu dào shí
武松喝得半醉，歪歪斜斜走到十
zì lù kǒu
字路口。

wǔ sōng mī zhe yǎn kàn le yí xià　　zhǐ jiàn yí gè
武松眯着眼看了一下，只見一個
biāo xíng dà hàn zuò zài huái shù dǐ xia　　xīn xiǎng nà rén bì
彪形大漢坐在槐樹底下，心想那人必
dìng shì jiǎng mén shén
定是蔣門神。

guì tái shàng jiā jiǔ de nǚ zǐ shì jiǎng mén shén de xiǎo
櫃枱上加酒的女子是蔣門神的小
lǎo po　　wǔ sōng jiǎ zhuāng shì lái jiǔ diàn hē jiǔ de kè
老婆。武松假裝是來酒店喝酒的客
rén　　yào le èr liǎng jiǔ
人，要了二兩酒。

jiǔ lái le　　　wǔ sōng wén le yí xià　shuō
酒來了，武松聞了一下，說：
jiǔ bù hào　　gěi wǒ ná gèng hǎo de
「酒不好，給我拿更好的！」

wǔ sōng hē le yì kǒu huàn guò de jiǔ　rén rán bù
武松喝了一口換過的酒，仍然不
mǎn yì　zhè shì shén me pò jiǔ　huàn gèng hǎo de lái
滿意：「這是甚麼破酒？換更好的來。」

nà nǚ zǐ shēng qì de shuō　　yòu shì gè lái nào
那女子生氣地說：「又是個來鬧
shì de　gěi wǒ tuō chū qu　diàn xiǎo èr chōng guò lái
事的，給我拖出去！」店小二衝過來。

wǔ sōng yí yuè lái dào guì tái qián　zhuā qǐ nà nǚ
武松一躍來到櫃枱前，抓起那女
zǐ　qīng qīng yì tí　jiāng tā rēng jìn dà jiǔ gāng li le
子，輕輕一提，將她扔進大酒缸裏了。

diàn li shí jǐ gè huǒ ji yì yōng ér shàng　què bèi
店裏十幾個夥計一擁而上，卻被
wǔ sōng sān quán liǎng jiǎo　dǎ de pì gǔn niào liú
武松三拳兩腳，打得屁滾尿流。

wǔ sōng zǒu dào dà jiē shang　děng zhe táo pǎo de huǒ
武松走到大街上，等着逃跑的夥
jì qù bǐng bào jiǎng mén shén　hǎo dà gàn yì chǎng
計去稟報蔣門神，好大幹一場。

guǒ rán bù chū suǒ liào　bù yí huìr　jiǎng mén
果然不出所料，不一會兒，蔣門
shén huǒ mào sān zhàng de wǎng zhè biān chōng lái
神火冒三丈地往這邊衝來。

liǎng rén zhào miànr　wǔ sōng hěn hěn yì jiǎo tī dào
兩人照面兒，武松狠狠一腳踢到
jiǎng mén shén de dù zi shang　jiǎng mén shén dà jiào yì shēng
蔣門神的肚子上。蔣門神大叫一聲，
diē zuò zài dì shang　yǎn mào jīn xīng
跌坐在地上，眼冒金星。

武松飛躍而起，又是一腳。蔣門神哪兒受得住武松接連兩腳，只得跪地求饒。

武松說：「想保住你的小命，馬上把酒店還給施恩！你滾回老家，永遠不要在孟州出現。」

蔣門神連聲應着：「小的遵命，一定照辦！」他半天才從地上掙扎着站起來。

武松說：「以後若再敢胡鬧，我
絕不輕饒！」蔣門神嚇得連連點頭。

武松幫施恩奪回了快活林酒店，
卻也因此和蔣門神的上司張團練結
下仇怨，被他陷害。

後來，武松殺死想要害自己的小
人，血濺鴛鴦樓。為了躲避官府的追
捕，武松改扮成出家人，歷經險阻，
最後也上了梁山泊。

張順江中戲李逵

再來說那及時雨宋江。他後來主動到官府投案自首，被判處流放江州。

江州的戴宗，人稱神行太保，是智多星吳用的好友。他受吳用來信囑託，對宋江很照顧。

一天，戴宗邀宋江一塊兒到酒樓喝酒，邊喝邊聊，特別高興。

正巧遇到了黑旋風李逵，這人力大無窮，憨憨的，特別直爽。

jiāng biān tíng zhe jǐ shí zhī yú chuán què bú jiàn yí
江邊停着幾十隻漁船，卻不見一
gè rén chū lái mài yú
個人出來賣魚。

lǐ kuí jìng zhòng sòng jiāng de wéi rén sān rén yuè hē
李逵敬重宋江的為人，三人越喝
yuè qǐ jìn lǐ kuí tīng shuō sòng jiāng xiǎng chī là yú tāng jiě
越起勁。李逵聽說宋江想吃辣魚湯解
jiǔ jiù xiǎng gěi tā mǎi yì tiáo yú
酒，就想給他買一條魚。

lǐ kuí jí le tiào shàng yì zhī yú chuán chòng zhe
李逵急了，跳上一隻漁船，衝着
chuán cāng lǐ miàn dà hǒu wǒ yào mǎi liǎng tiáo xiān yú
船艙裏面大吼：「我要買兩條鮮魚，
kuài kuài kāi cāng jiāo gěi wǒ lǐ miàn de rén kàn lǐ kuí
快快開艙交給我！」裏面的人看李逵
hěn xiōng zhǐ shuō wǒ men jiā zhǔ rén méi lái xiǎo
很兇，只說：「我們家主人沒來，小
de bù gǎn kāi cāng
的不敢開艙。」

李逵好說歹說，漁民就是不肯。李逵也不懂船上的規矩，一着急伸手就去拔船上的竹柵欄。

誰知道他這一拔，把竹柵欄裏養的活魚全都放跑了。剛才看着還是滿滿的一船魚，一轉眼一條不剩了。

李逵沒辦法，只得跳到另外一隻船上，想再去抓魚。

漁民們看他蠻不講理，紛紛撐着船逃跑了。

chuán zhǔ dà hè yì shēng nǎ lǐ lái de jiā huo gǎn zài wǒ de dì pán sā
船主大喝一聲：「哪裏來的傢夥，敢在我的地盤撒
yě shuō wán jiù hé lǐ kuí sī dǎ qǐ lái
野？」說完就和李逵廝打起來。

正在這時，
zhèng zài zhè shí
chuán chuán tí zhe yì gǎn chèng
船主提着一桿秤
cóng xiǎo lù shang zǒu lái zhòng
從小路上走來。眾
rén máng duì tā shuō le gāng cái
人忙對他說了剛才
de shì
的事。

tā men èr rén dǎ le jǐ gè huí hé lǐ kuí lì qi dà bǎ chuán zhǔ yì
他們二人打了幾個回合，李逵力氣大，把船主一
bǎ zhuā zhù yí zhèn luàn dǎ chuán zhǔ jiàn dǎ bu guò lǐ kuí shǐ jìn zhèng tuō
把抓住，一陣亂打。船主見打不過李逵，使勁掙脫
kāi pǎo diào le
開，跑掉了。

這時，戴宗和宋江見李逵出去買
魚遲遲沒回，就來江邊找他。李逵氣
呼呼地說打了一架，過癮，就是沒買
到一條魚。

這時卻聽見背後有人大叫：「黑
小子，有本事到船上來和我分個高
低！」李逵扭頭一看，原來是剛才的
手下敗將，正氣勢洶洶地撐着小船
向江邊趕來，看來還想再打一場。

李逵哪裏經得住激將，縱身一
躍，跳到了船上。

nán zǐ yí kàn chēng zhe zhú gāo jiù wǎng jiāng xīn
男子一看，撐着竹篙就往江心
huá lǐ kuí bù dǒng shuǐ xìng kàn jiàn xiǎo chuán lí àn biān
劃。李逵不懂水性，看見小船離岸邊
yuè lái yuè yuǎn huāng le shǒu jiǎo
越來越遠，慌了手腳。

nán zǐ shuō ràng nǐ xiān hē diǎnr shuǐ
男子說：「讓你先喝點兒水！」
tā shuāng jiǎo yí huàng xiǎo chuán fān le gè dǐ cháo tiān
他雙腳一晃，小船翻了個底朝天，
liǎng rén dōu diào jìn jiāng li
兩人都掉進江裏。

sòng jiāng hé dài zōng zài àn shang kàn zhe gān zháo jí
宋江和戴宗在岸上看着乾着急。
páng biān de rén shuō hēi dà hàn jīn tiān pèng shàng làng lǐ
旁邊的人說：「黑大漢今天碰上浪裏
bái tiáo zhāng shùn kě suàn dào méi le
白條張順，可算倒霉了！」

sòng jiāng tīng le gǎn jǐn xiàng zhe jiāng miàn hǎn
宋江聽了，趕緊向着江面喊：
zhāng èr gē qǐng zhù shǒu wǒ yǒu nǐ gē ge zhāng héng shāo
「張二哥請住手！我有你哥哥張橫捎
lái de jiā shū nǐ kuài shàng lái kàn kan ba
來的家書，你快上來看看吧。」

張順「嗖嗖」地游了回來。宋江說：「請看在我們的面子上，先幫忙救我兄弟上岸吧。」

張順快速游到江心，手托着李逵往岸邊游。張順兩腳踏着水浪，如履平地，好不精彩。

英雄見英雄，不打不相識。張順、李逵、宋江、戴宗從此稱兄道弟，常常結伴出來喝酒。

61

sòng jiāng yuè hē yuè jué de mèn de huāng biàn tí bǐ zài qiáng shang xiě le
宋江越喝越覺得悶得慌，便提筆在牆上寫了
yì shǒu cí yì shǒu shī nà shǒu cí de zuì hòu liǎng jù shì tā nián ruò dé
一首詞、一首詩。那首詞的最後兩句是：他年若得
bào yuān chóu xuè rǎn xún yáng jiāng kǒu
報冤仇，血染潯陽江口！

yǒu yì tiān sòng jiāng xīn zhōng
有一天，宋江心中
yù mèn yòu yì shí zhǎo bú dào dài
鬱悶，又一時找不到戴
zōng děng rén jiù yí gè rén lái dào
宗等人，就一個人來到
xún yáng jiǔ lóu
潯陽酒樓。

zhè xiē shī cí hòu lái bèi yí gè huài dàn kàn jiàn le yìng shuō sòng jiāng yào
這些詩詞後來被一個壞蛋看見了，硬說宋江要
yào fǎn hái bìng bào le guān fǔ guān fǔ lì jí xià lìng zhuō ná sòng jiāng bǎ
造反，還稟報了官府。官府立即下令捉拿宋江，把
tā guān le qǐ lái
他關了起來。

勇士喬裝鬧江州

梁山泊眾英雄和戴宗知道宋江被關押後，想方設法要救他出來。

可是營救辦法被官府識破了，戴宗也受牽連，和宋江一起被判處了斬首的死刑。

眼看行刑的日子越來越近，智多星吳用決定無論如何也要救出二人。

行刑當天，官府一共派出了五、六百名官兵警戒守衛，唯恐有失。

宋江和戴宗平日裏深受百姓愛
戴，因此人們自發來給他們送行，囚
車四周圍着好幾千人。

囚車經過城裏最熱鬧的街市，官
兵們都提高了警惕。

這時，一夥耍蛇的藝人擠進人羣
看熱鬧，還一路跟到了法場。另外一
邊，一羣雜耍藝人也提着兵器往前
湊，任官兵怎麼趕也不走。

zhè biān zhèng zhēng zhí zhe   yòu yì huǒ tiāo chái de hàn
這邊正 爭執着，又一夥挑柴的漢
zi cóng fǎ chǎng nán bian jǐ le jìn lái   yìng yào cóng zhèr
子從法場南邊擠了進來，硬要從這兒
zǒu   guān bīng lán zhe bú ràng zǒu
走。官兵攔着不讓走。

tā men shuō   wǒ men shì gěi zhī fǔ xiàng gong sòng
他們說：「我們是給知府相公送
chái cǎo de   shéi gǎn zǔ lán   kuài kuài shǎn kāi
柴草的，誰敢阻攔？快快閃開。」

guān bīng shuō   méi kàn jiàn zhè shì fǎ chǎng ma
官兵說：「沒看見這是法場嗎？
jīn tiān bù néng zǒu le   nǐ men zǒu xiǎo lù ba
今天不能走了，你們走小路吧。」

nà huǒ rén yě bù zǒu le   gān cuì fàng xià dàn
那夥人也不走了，乾脆放下擔
zi   zhàn zài rén qún zhōng kàn rè nao
子，站在人羣中看熱鬧。

fǎ chǎng běi biān chū xiàn le yí duì shāng rén tuó duì
法場北邊出現了一隊商人駝隊，
tíng xià mǎ chē yě lái guān kàn
停下馬車，也來觀看。

fǎ chǎng sì zhōu yí piàn hùn luàn nào nào rāng rāng
法場四周一片混亂，鬧鬧嚷嚷，
guān bīng men yǒu xiē yìng fù bù liǎo le
官兵們有些應付不了了。

shí jiān dào le zhèng wǔ zhǐ tīng yì shēng lìng xià
時間到了正午，只聽一聲令下：
zhǎn jiù jiàn guì zi shǒu jǔ zhe dà dāo yào kǎn xià qu
「斬！」就見劊子手舉着大刀要砍下去。

fǎ chǎng sì zhōu nà shuǎ shé de　　mài yì de　　sòng
法場四周那耍蛇的、賣藝的、送
huò de dōu cóng shēn hòu chōu chū dāo qiāng gùn bàng　　xiàng zhe fǎ
貨的都從身後抽出刀槍棍棒，向着法
chǎng zhōng jiān chōng qu
場中間衝去。

yí gè hēi dà hàn cóng chá lóu shang 「cēng」 de
一個黑大漢從茶樓上「噌」地
yí xià tiào xià lái　　tā quán shēn qī hēi　　shǒu ná bǎn
一下跳下來。他全身漆黑，手拿板
fǔ　　dà hǒu zhe chōng lái　　hǎo xiàng guā qǐ le yí zhèn
斧，大吼着衝來，好像颳起了一陣
xuàn fēng
旋風。

shuō shí chí　　nà shí kuài　　fǎ chǎng běi biān tuī chē
說時遲，那時快，法場北邊推車
zi de kè shāng ná chū yí miàn tóng luó　　dāng dāng dāng
子的客商拿出一面銅鑼，「噹噹噹」
qiāo le sān xià
敲了三下。

水滸傳

這漢子正是黑旋風李逵！他揮舞
着手中的板斧，寒光閃閃，血花四
濺。眾人還沒回過神來，他已經將兩
個劊子手砍翻在地。

一旁守衛的官兵早就被黑漢子的
氣勢嚇傻了。

剛才從法場四方衝出來的正是
梁山泊的眾好漢們。他們早就按吳用
的計策喬裝埋伏在城裏了。

68

wèi le jiě jiù sòng jiāng hé dài zōng　tā men gè xiǎn
為了解救宋江和戴宗，他們各顯
shén tōng　shì bù kě dāng
神通，勢不可當。

fǎ chǎng de xiā bīng xiè jiàng men nǎ lǐ shì tā men de
法場的蝦兵蟹將們哪裏是他們的
duì shǒu　bèi dǎ de kū diē hǎn niáng　sī háo méi yǒu huán
對手，被打得哭爹喊娘，絲毫沒有還
手之力。

義旗飄蕩梁山泊

李逵看見江邊有一座白龍廟，提議說：「我們先把哥哥背進白龍廟裏休息一下，再商量下一步。」

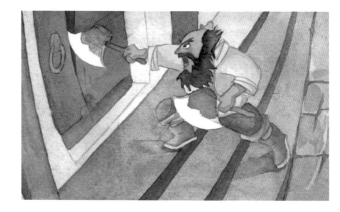

眾好漢保護着宋江、戴宗逃出城去，跑了六、七里路。忽見前面有一條大江，擋住了去路。

眾人來到廟前，只見廟門緊閉。李逵掄起板斧，說：「我來！」「乒乒」兩斧就把大門砍開了。

他們把宋江放下，找了些清水餵他。宋江慢慢蘇醒過來，朦朧中看見站在周圍的人們，不敢相信自己的眼睛。

他激動地說：「晁大哥，是你們嗎？我不是在做夢？」

晁蓋說：「兄弟放心，你現在已經安全了。弟兄們都在旁邊呢。」

眾好漢商議着如何渡江。如果過不了江，官兵追來就會很危險。

這時，只見上游下來三隻大船，每隻船上站着十幾個大漢，人人手持兵器。

眾好漢以為官兵追來了，都準備大幹一場。

宋江朝大船方向一看，很快認出了船頭的首領。

宋江大喊：「張兄弟！」原來此人正是浪裏白條張順。

zhāng shùn tiào xià chuán lái　kàn jiàn sòng jiāng méi shì
張順跳下船來，看見宋江沒事，
zhè cái fàng xīn
這才放心。

zhāng shùn yuán lái yě yào jìn chéng de　dǎ tīng dào sòng
張順原來也要進城的，打聽到宋
jiāng bèi jiù　wǎng zhè ge fāng xiàng pǎo le　cái dài zhe shǒu
江被救，往這個方向跑了，才帶着手
xià jià chuán yán jiāng xún zhǎo
下駕船沿江尋找。

zhòng hǎo hàn dōu jìn dào bái lóng miào li　yī yī bài
眾好漢都進到白龍廟裏，一一拜
jiàn　hù xiāng wén míng yǐ jiǔ　yí jiàn gé wài gāo xìng
見，互相聞名已久，一見格外高興。
dà jiā jié wéi xiōng dì　zhè jiù shì zhù míng de　bái lóng
大家結為兄弟。這就是著名的「白龍
miào xiǎo jù yì
廟小聚義」。

眾好漢正在暢談，探子回報說
官府的人馬追了過來，馬上就要殺到
白龍廟了。

李逵提着板斧最先衝出門去，大
吼：「我要殺個痛快！一個不留！」

晁蓋也對大家說：「事已至此，
我們不如大戰一場！」

眾好漢爽快地答應了。個個摩
拳擦掌，在白龍廟前擺出了陣勢。

shuāng fāng yì cháng xuè zhàn zhòng hǎo hàn shǐ chū le
雙方一場血戰，眾好漢使出了
kàn jiā běn lǐng shā de guān jūn jié jié bài tuì táo huí
看家本領，殺得官軍節節敗退，逃回
chéng qù bù gǎn zài kāi chéng mén
城去，不敢再開城門。

zhòng hǎo hàn yì xiǎng rú jīn chuǎng le zhè me dà
眾好漢一想，如今闖了這麼大
de huò cháo tíng kěn dìng bú huì fàng guò zì jǐ dào bù
的禍，朝廷肯定不會放過自己，倒不
rú yì qǐ tóu bèn liáng shān
如一起投奔梁山。

yú shì tā men yí zhì tóng yì shàng liáng shān zuò gè
於是他們一致同意上梁山，做個
luò cǎo fǎn kàng cháo tíng de yīng xióng
落草反抗朝廷的英雄。

大夥兒到穆家莊上休整。托塔天王晁蓋看大夥兒興致高漲，讓朱貴先回去做好迎接大家的準備。

第二天，各路英雄分為五隊，向梁山進發。晁蓋、宋江、花榮、戴宗、李逵為第一隊；劉唐、杜遷等人為第二隊；呂方、郭盛等人為第三隊；張順、張橫、阮家三兄弟等人為第四隊；王英、白勝等人為第五隊。

wǔ lù rén mǎ　dāo qiāng shǎn liàng　kuī jiǎ xiān míng　hǎo bù xióng zhuàng wēi wǔ
五路人馬，刀槍閃亮，盔甲鮮明，好不雄壯威武。

tā men huí dào liáng shān pō dà zhài　zài guǎng chǎng shang gāo gāo shù qǐ　tì tiān xíng dào　de xìng huáng dà qí　fēng
他們回到梁山泊大寨，在廣場上高高豎起「替天行道」的杏黃大旗。風
chuī dà qí　hū hū　zuò xiǎng　tān guān wū lì wén fēng sàng dǎn　zhè zhè liáng shān hǎo hǎo men liú xià le yí duàn qiān gǔ
吹大旗「呼呼」作響，貪官污吏聞風喪膽。這些梁山好漢們留下了一段千古
chuán wén de yīng xióng gù shi
傳聞的英雄故事。